Guten Morgen, gute Nacht

Mirjam Pressler, geboren 1940 in Darmstadt, wuchs bei Pflegeeltern auf. Sie studierte an der Akademie für Bildende Künste in Frankfurt und Sprachen in München und lebte für ein Jahr in einem Kibbuz in Israel. Zurück in Deutschland arbeitete sie in verschiedenen Jobs, unter anderem führte sie einen eigenen Jeansladen. Sie hat drei inzwischen erwachsene Töchter. Heute lebt sie als freie Autorin und Übersetzerin bei München. Sie hat zahlreiche Preise erhalten, darunter den Sonderpreis des Deutschen Jugendliteraturpreises für ihr Gesamtwerk als Übersetzerin.

Helga Bansch, geboren 1957 in Leoben (Österreich), studierte an der Pädagogischen Akademie in Graz, arbeitete lange Zeit als Volksschullehrerin und lebt heute als freischaffende Künstlerin in Wien. Im Rahmen einer Ausbildung zur Lebens- und Sozialberaterin entdeckte sie das Malen als Ausdrucksmittel. Seither arbeitet sie künstlerisch, macht Puppen, Marionetten und Objekte aus Sandstein, Ton und Papiermaché. Sie illustrierte viele Bilderbücher, von denen einige mit dem Österreichischen Kinder- und Jugendbuchpreis, dem Illustrationspreis sowie dem Kinder- und Jugendbuchpreis der Stadt Wien ausgezeichnet wurden.

Herausgegeben in Zusammenarbeit mit dem Moritz Verlag
von Markus Weber

www.beltz.de
Erstmals als MINIMAX bei Beltz & Gelberg im August 2010

Werderstraße 10, 69469 Weinheim
in der Verlagsgruppe Beltz · Weinheim Basel

Gesamtherstellung: Beltz Bad Langensalza GmbH, Bad Langensalza
Printed in Germany
ISBN 978-3-407-76088-3
4 5 16

Mirjam Pressler · Helga Bansch

Guten Morgen Gute Nacht

BELTZ
& Gelberg

Morgens, wenn der Tag beginnt,
freut sich jedes Hasenkind.
Und wenn es auch noch **Montag** ist,
der Tag der Hasen, wie ihr wisst,
da hüpft das Häschen aus dem Haus,
bei Sonnenschein will es hinaus.
Als Erstes sucht es sein Cousinchen,
das allerliebste Zwergkaninchen.
Sie wollen heut spazieren gehn,
sich da und dort die Welt besehn.
Sie singen tri- und tralala.
Halt! Bleib mal stehn! Was ist denn da?
Das Zwergkaninchen und das Häschen
heben schnuppernd ihre Näschen.
Ein süßer Zuckerrübenduft
erfüllt die frische Morgenluft.
Im Rübenfeld herrscht Dämmerlicht,
das stört die beiden Nager nicht.
Das Häschen knabbert Blatt um Blatt,
doch sein Cousinchen ist bald satt.
»Ja«, sagt das Häschen, »so ist's fein.
So soll ein Hasenleben sein.«

Wenn es draußen langsam dunkelt,
der erste Stern am Himmel funkelt,
und wenn es auch noch **Montag** ist,
der Tag der Hasen, wie ihr wisst,
da sagt die Häsin zu dem Häschen
und küsst es sanft aufs Mininäschen:
»Es gibt zwei Blätter Chicorée,
dazu ein bisschen Klee-Gelee.
Dann schlüpf in die Pantöffelchen,
wasch dir Gesicht und Löffelchen.
Und nun, mein braver Hasenschatz,
auf deinen Lieblingskuschelplatz!
Ich bleibe hier und passe auf,
die ganze Nacht, verlass dich drauf.
Schlaf, Hasenkind, ganz sanft und still.
Und wenn dich einer stören will,
dem hau ich auf die Pfoten.
Denn: Häschen stören ist verboten.
Husch, husch, mach deine Augen zu,
mein allerliebstes Häschen, du.
Schlaf gut und träum die ganze Nacht
von allem, was dir Freude macht.«

Morgens, wenn der Tag beginnt,
freut sich jedes Schweinekind.
Und wenn es auch noch **Dienstag** ist,
der Tag der Schweine, wie ihr wisst,
da hält's das Schweinchen nicht im Haus.
Sogar bei Regen will's hinaus,
denn grade Wind und Regenwetter
findet unser Schweinchen netter.
Schlamm ist schön und in den Kuhlen
lässt es sich ganz herrlich suhlen.
Beinchen heben, Beinchen strecken
und auch mal den Rüssel recken,
nass der Rücken, nass der Bauch,
und auf die Ohren regnet's auch.
Schlamm tut keinem Schweinchen weh,
er kitzelt höchstens mal am Zeh.
Das Schweinchen ist in Schlamm verliebt,
Schlamm ist das Schönste, was es gibt.
Es grunzt vor Glück und Lebensfreude,
ein wunderbarer Tag ist heute.
»Ja«, sagt das Schweinchen, »so ist's fein.
So soll ein Schweineleben sein.«

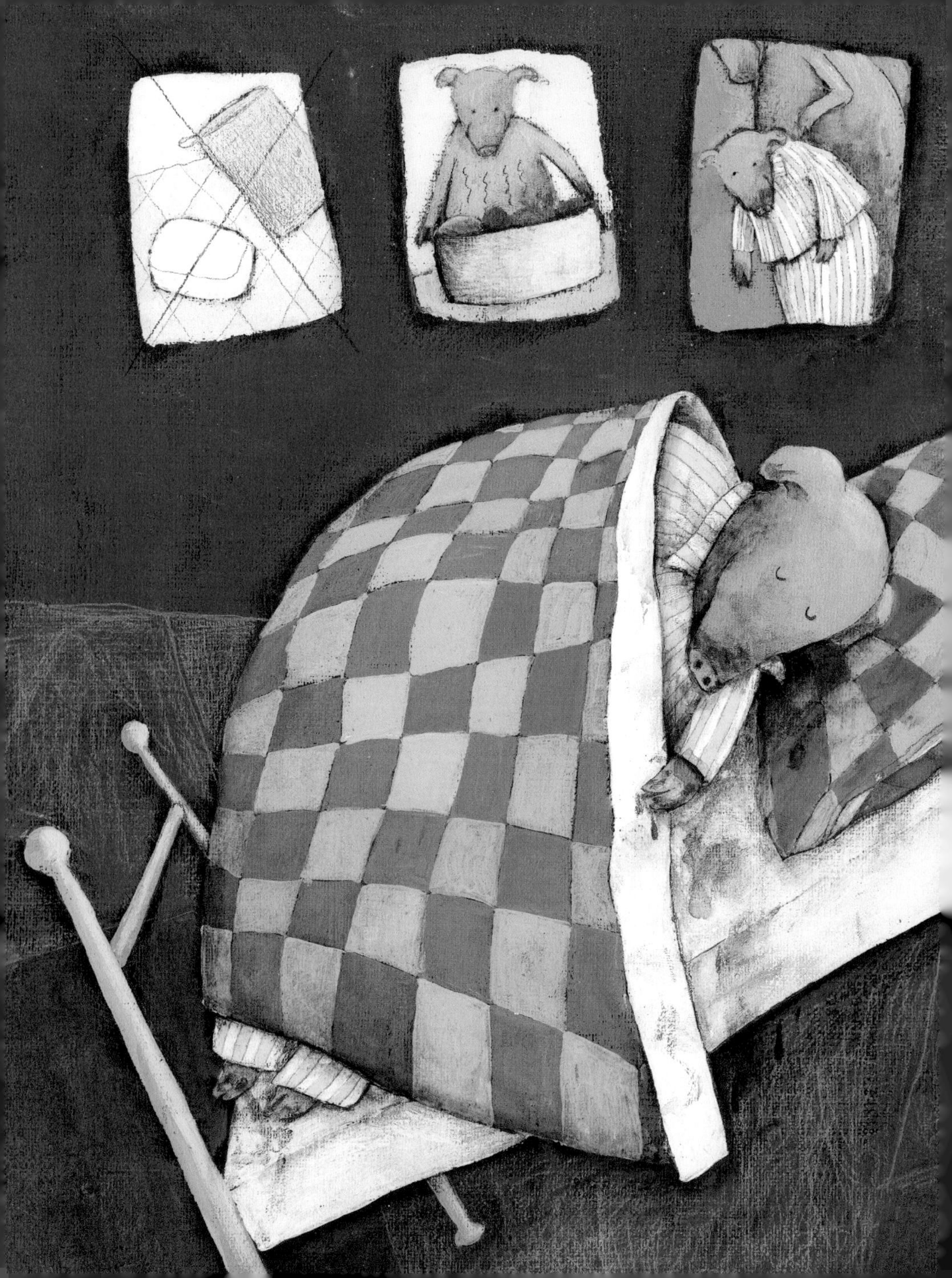

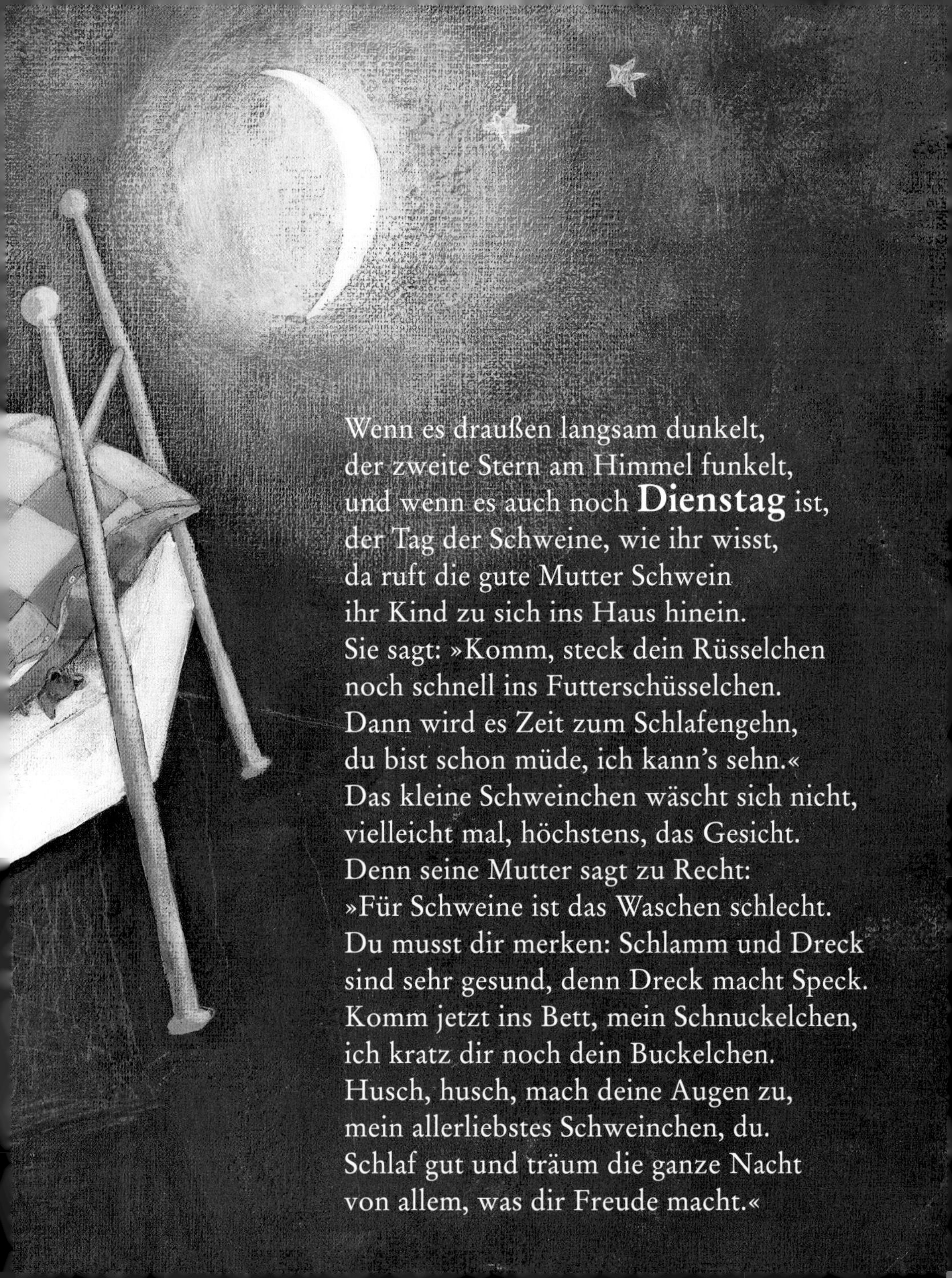

Wenn es draußen langsam dunkelt,
der zweite Stern am Himmel funkelt,
und wenn es auch noch **Dienstag** ist,
der Tag der Schweine, wie ihr wisst,
da ruft die gute Mutter Schwein
ihr Kind zu sich ins Haus hinein.
Sie sagt: »Komm, steck dein Rüsselchen
noch schnell ins Futterschüsselchen.
Dann wird es Zeit zum Schlafengehn,
du bist schon müde, ich kann's sehn.«
Das kleine Schweinchen wäscht sich nicht,
vielleicht mal, höchstens, das Gesicht.
Denn seine Mutter sagt zu Recht:
»Für Schweine ist das Waschen schlecht.
Du musst dir merken: Schlamm und Dreck
sind sehr gesund, denn Dreck macht Speck.
Komm jetzt ins Bett, mein Schnuckelchen,
ich kratz dir noch dein Buckelchen.
Husch, husch, mach deine Augen zu,
mein allerliebstes Schweinchen, du.
Schlaf gut und träum die ganze Nacht
von allem, was dir Freude macht.«

Morgens, wenn der Tag beginnt,
freut sich jedes Katzenkind.
Und wenn es auch noch **Mittwoch** ist,
der Tag der Katzen, wie ihr wisst,
da läuft das kleine, süße Kätzchen
hinaus auf weichen Katzentätzchen.
Oh, horch, da hinten in dem Flieder
singt eine Schwalbe ihre Lieder.
Das Kätzchen macht sich auf die Jagd,
denn keiner fängt was, der nichts wagt.
Das Kätzchen springt nicht hoch genug,
die Schwalbe lacht im Schwalbenflug.
Der Tag ist schön und Bienen summen,
Libellen surren, Hummeln brummen.
Das Kätzchen maunzt, es faucht und knurrt,
am besten geht's ihm, wenn es schnurrt.
Das ist den Katzen angeboren,
es ist Musik für ihre Ohren.
Das Kätzchen freut sich und ist froh,
hier ist's so schön wie anderswo.
»Ja«, sagt das Kätzchen, »so ist's fein.
So soll ein Katzenleben sein.«

Wenn es draußen langsam dunkelt,
der dritte Stern am Himmel funkelt,
und wenn es auch noch **Mittwoch** ist,
der Tag der Katzen, wie ihr wisst,
da maunzt die Katzenmutter zart
und streicht dem Katzenkind den Bart.
Sie sagt: »Und jetzt sei brav und friedlich
und leg dich hin, ganz hübsch und niedlich.«
Das Katzenkind, es rollt sich ein,
die Mutter lässt es nicht allein.
Sie singt das Katzenwiegenlied,
das Katzenkind schnurrt leise mit.
Sie singt von sanften Katzentatzen,
vom Sommerwind und kleinen Spatzen.
Dann singt sie noch von hohen Bäumen
und von geschnurrten Katzenträumen.
Die Katzenmama küsst ihr Kätzchen
und sagt: »Jetzt ist's genug, mein Schätzchen.
Husch, husch, mach deine Augen zu,
mein allerliebstes Kätzchen, du.
Schlaf gut und träum die ganze Nacht
von allem, was dir Freude macht.«

Morgens, wenn der Tag beginnt,
freut sich jedes Hundekind.
Und wenn es auch noch **Donnerstag** ist,
der Tag der Hunde, wie ihr wisst,
dann will das Hündchen in den Garten,
nur schnell, es kann es kaum erwarten.
Katzen jagen, Fliegen fangen,
na ja, das ist wohl schief gegangen.
Die Spur riecht gut, was ist denn das?
Das Hündchen rennt durchs hohe Gras.
Was wird sich dort wohl in den Hecken
vor unserm kleinen Hund verstecken?
Ein Tier mit Stacheln ist's, mit spitzen.
Das Hündchen kommt, das Tier bleibt sitzen.
Das Hündchen stupst das Stacheltier.
Au, das tut weh, das sag ich dir.
Das Hündchen leckt sich seine Wunden
und denkt: Das hab ich rausgefunden.
Das weiß ich jetzt, nun aber los,
der Garten ist noch riesengroß.
»Ja«, sagt das Hündchen, »so ist's fein.
So soll ein Hundeleben sein.«

Purzl

Wenn es draußen langsam dunkelt,
der vierte Stern am Himmel funkelt,
und wenn es auch noch **Donnerstag** ist,
der Tag der Hunde, wie ihr wisst,
dann sagt die gute Hundemutter:
»Vorm Schlafen gibt's noch Hundefutter.«
Das Hündchen frisst sich rund und dick,
ja, Fressen, das ist Hundeglück.
Die Mutter sagt: »Ins Körbchen, schnell.«
Sie leckt ihm noch sein Hundefell,
denn so, mit warmen, feuchten Zungen,
küssen Hunde ihre Jungen.
Sie sagt: »Jetzt schlaf, mein kleiner Hund.
Schlaf lang und tief, Schlaf ist gesund.
Ich bleibe hier, ich geh nicht fort,
ich leg mich in die Ecke dort.
Ich bleibe wach, bin auf der Hut,
dass niemand meinem Kind was tut.
Husch, husch, mach deine Augen zu,
mein allerliebstes Hündchen, du.
Schlaf gut und träum die ganze Nacht
von allem, was dir Freude macht.«

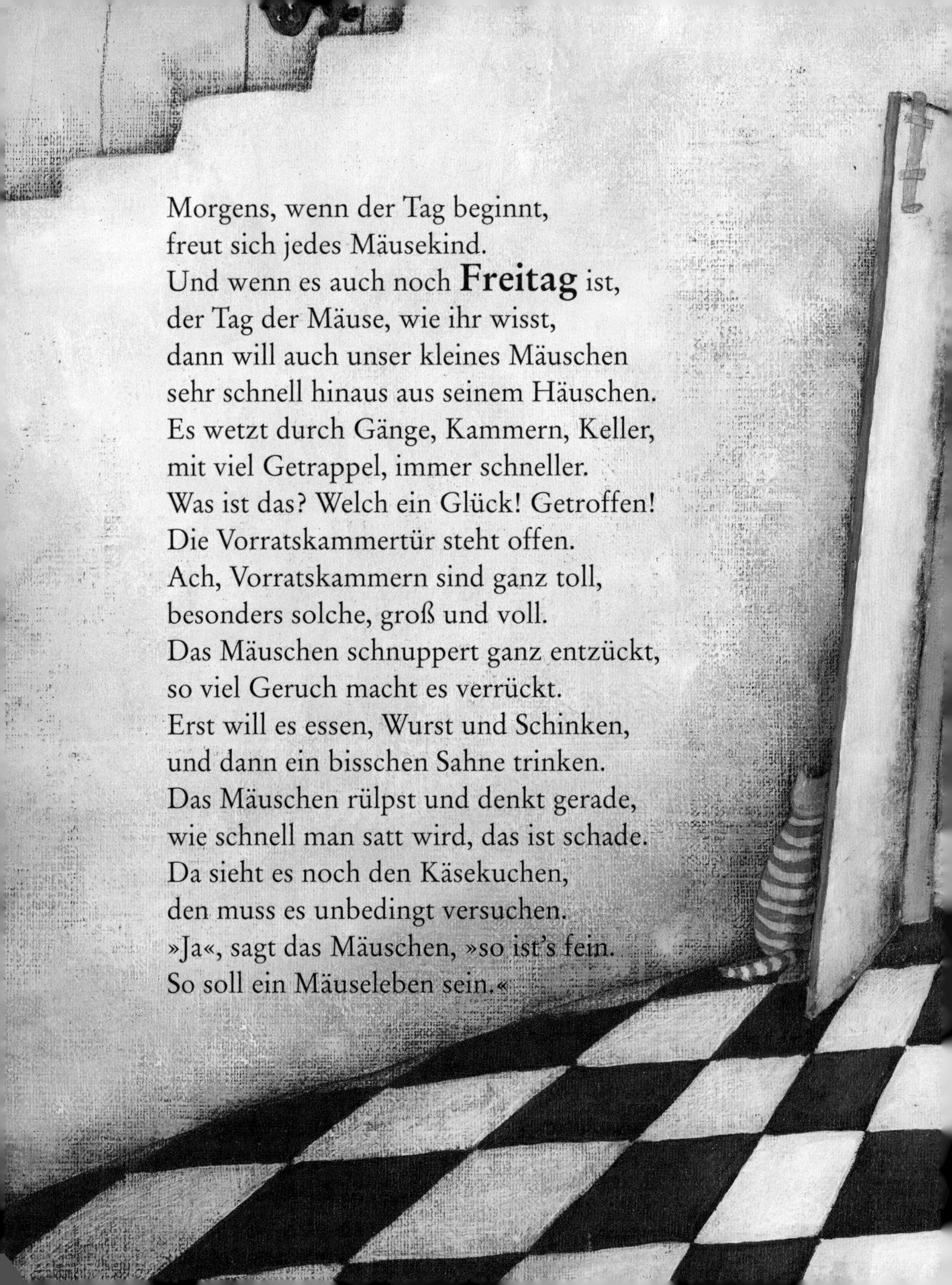

Morgens, wenn der Tag beginnt,
freut sich jedes Mäusekind.
Und wenn es auch noch **Freitag** ist,
der Tag der Mäuse, wie ihr wisst,
dann will auch unser kleines Mäuschen
sehr schnell hinaus aus seinem Häuschen.
Es wetzt durch Gänge, Kammern, Keller,
mit viel Getrappel, immer schneller.
Was ist das? Welch ein Glück! Getroffen!
Die Vorratskammertür steht offen.
Ach, Vorratskammern sind ganz toll,
besonders solche, groß und voll.
Das Mäuschen schnuppert ganz entzückt,
so viel Geruch macht es verrückt.
Erst will es essen, Wurst und Schinken,
und dann ein bisschen Sahne trinken.
Das Mäuschen rülpst und denkt gerade,
wie schnell man satt wird, das ist schade.
Da sieht es noch den Käsekuchen,
den muss es unbedingt versuchen.
»Ja«, sagt das Mäuschen, »so ist's fein.
So soll ein Mäuseleben sein.«

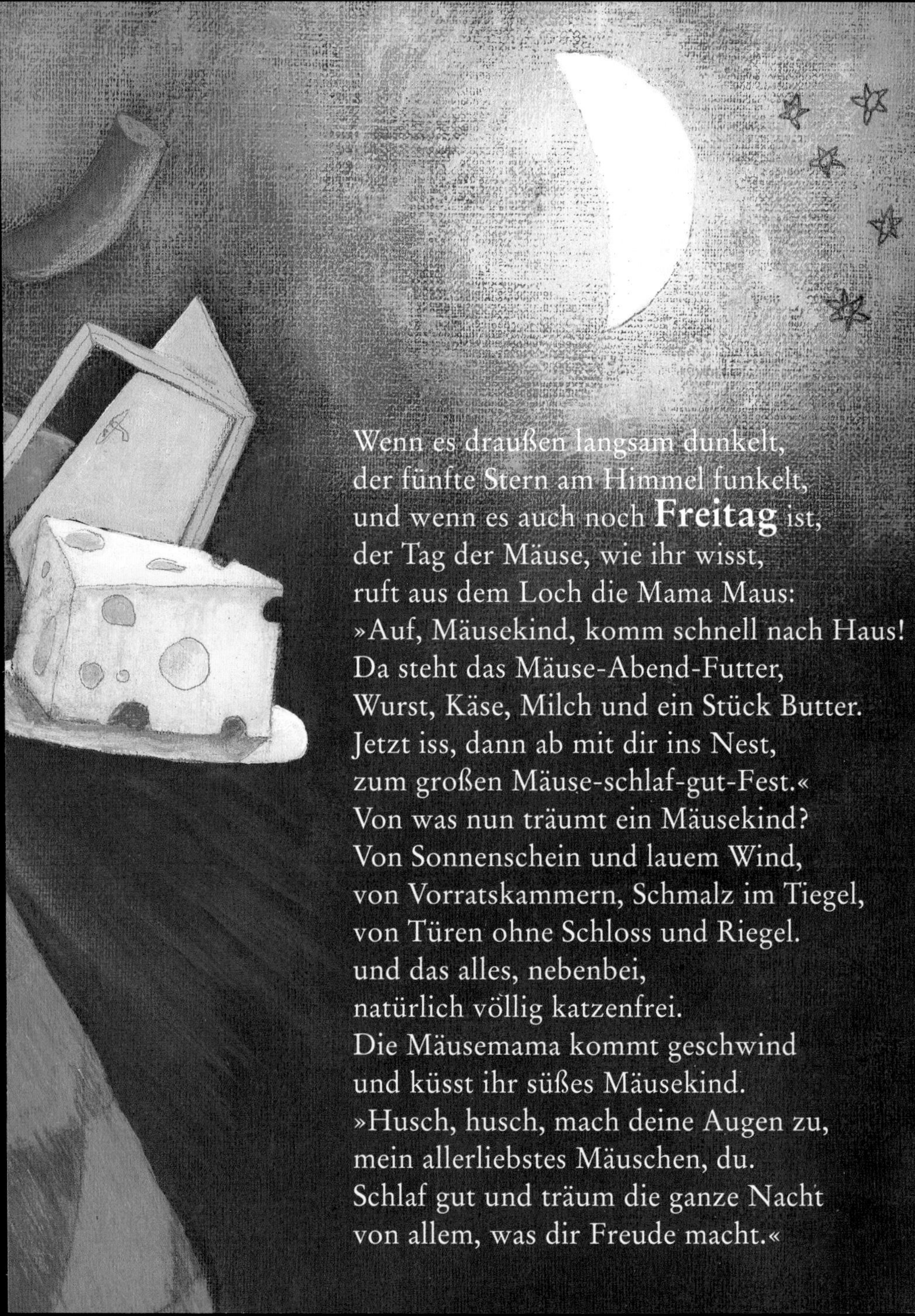

Wenn es draußen langsam dunkelt,
der fünfte Stern am Himmel funkelt,
und wenn es auch noch **Freitag** ist,
der Tag der Mäuse, wie ihr wisst,
ruft aus dem Loch die Mama Maus:
»Auf, Mäusekind, komm schnell nach Haus!
Da steht das Mäuse-Abend-Futter,
Wurst, Käse, Milch und ein Stück Butter.
Jetzt iss, dann ab mit dir ins Nest,
zum großen Mäuse-schlaf-gut-Fest.«
Von was nun träumt ein Mäusekind?
Von Sonnenschein und lauem Wind,
von Vorratskammern, Schmalz im Tiegel,
von Türen ohne Schloss und Riegel.
und das alles, nebenbei,
natürlich völlig katzenfrei.
Die Mäusemama kommt geschwind
und küsst ihr süßes Mäusekind.
»Husch, husch, mach deine Augen zu,
mein allerliebstes Mäuschen, du.
Schlaf gut und träum die ganze Nacht
von allem, was dir Freude macht.«

Morgens, wenn der Tag beginnt,
freut sich jedes Bärenkind.
Und wenn es auch noch **Samstag** ist,
der Tag der Bären, wie ihr wisst,
da zieht's auch unser Bärchen bald
hinaus in seinen großen Wald.
Es will dort unter hohen Buchen
sich einen Leckerbissen suchen.
Bucheckern liebt das Bärchen sehr,
doch Honig liebt es noch viel mehr.
Der Bienenstock ist hoch im Baum,
unser Bärchen stört das kaum.
Es ist zwar klein, doch es kann klettern
und ist bald bei den ersten Blättern.
Ein bisschen nur am Honig nippen,
das Bärchen leckt sich froh die Lippen.
Oh weh, die Bienen sind nicht lieb,
sie stechen ihn, den Honigdieb.
Plumps, fällt das Bärchen dann hinunter,
doch es bleibt trotzdem froh und munter.
»Ja«, sagt das Bärchen, »das ist fein.
So soll ein Bärenleben sein.«

Wenn es draußen langsam dunkelt,
der sechste Stern am Himmel funkelt,
und wenn es auch noch **Samstag** ist,
der Tag der Bären, wie ihr wisst,
dann ruft die dicke Bärenmutter
ihr Kind ins Haus zum Bärenfutter.
Nüsse mampfen, Honig schlecken
und sich das Mäulchen sauber lecken,
und auch die Pfoten nicht vergessen,
nach diesem leckren Abendessen.
Dann geht das Bärenkind ins Bett,
sehr lieb und brav und sehr, sehr nett.
Die Mutter küsst dem kleinen Bärchen
ganz zärtlich seine Nackenhärchen
und verscheucht noch eine Fliege
von der Bärenkinderwiege.
Sie sagt: »Der Tag war lang, mein Kind.
Das Schlaflied singt dir gleich der Wind.
Husch, husch, mach deine Augen zu,
mein allerliebstes Bärchen, du.
Schlaf gut und träum die ganze Nacht
von allem, was dir Freude macht.«

Morgens, wenn der Tag beginnt,
freut sich jedes Schäfchenkind.
Und wenn es auch noch **Sonntag** ist,
der Tag der Schafe, wie ihr wisst,
da bleibt das Schäfchen nicht zu Haus,
da will es in die Welt hinaus.
Die Welt ist eine große Weide,
zwischen Äckern voll Getreide.
Das Schäfchen rennt, so schnell es geht,
hin, wo die ganze Herde steht.
Nur über frisch gemähte Stoppeln,
da muss es doch ein bisschen hoppeln.
Dann ist es bei den andren Schafen,
den hübschen, jungen, sanften, braven.
Die Schafe drängen, dicht an dicht,
so mögen sie's, warum auch nicht?
Sie weiden Klee und Gras und Gräschen,
die Halme kitzeln ihre Näschen.
Blumen, Gras und Sonntagsfrieden,
was kann das Leben Schönres bieten?
»Ja«, sagt das Schäfchen, »so ist's fein.
So soll ein Schäfchenleben sein.«

Wenn es draußen langsam dunkelt,
der siebte Stern am Himmel funkelt,
und wenn es auch noch Sonntag ist,
der Tag der Schafe, wie ihr wisst,
dann sagt die Mutter: »Komm, mein Kleines,
zum Essen gibt es heut was Feines.
Viel Gras und auch ein bisschen Hafer
macht brave Schäfchen noch viel braver.
Danach, mein Schatz, machst du ein Schläfchen
wie alle süßen, lieben Schäfchen.«
Die Mutter hat das Bett gerichtet,
hat frisches Heu adrett geschichtet.
Das Heu riecht gut, nach Sommertag,
genau wie es das Schäfchen mag.
Die Mutter krault ihm noch den Bauch,
ach ja, den Rücken krault sie auch.
Dann küsst sie seine Nackenlocken
und wischt ihm noch das Näschen trocken.
»Husch, husch, mach deine Augen zu,
mein allerliebstes Schäfchen, du.
Schlaf gut und träum die ganze Nacht
von allem, was dir Freude macht.«

In der Reihe

MINIMAX

sind unter anderem lieferbar:

Martin Baltscheit
Die Geschichte vom Löwen …

Martin Baltscheit · Christine Schwarz
Ich bin für mich
Gold für den Pinguin

Kate Banks · Georg Hallensleben
Augen zu, kleiner Tiger!

Helga Bansch · Mirjam Pressler
Guten Morgen, gute Nacht

Jutta Bauer
Die Königin der Farben
Schreimutter

Jutta Bauer · Kirsten Boie
Kein Tag für Juli
Juli, der Finder
Juli und das Monster
Juli und die Liebe
Juli tut Gutes
Juli wird Erster

Anthony Browne
Stimmen im Park

Janell Cannon
Stellaluna
Verdi

Chen Jianghong
Han Gan und das Wunderpferd
Der Tigerprinz

Chih-Yuan Chen
Gui-Gui, das kleine Entodil

Mireille d'Allancé
Auf meinen Papa ist Verlass
Robbi regt sich auf

Jackie French · Bruce Whatley
Tagebuch eines Wombat

Carl Johan De Geer · Jan Lööf
Oscars Autos

Michel Gay
Eine Dose Kussbonbons

Helme Heine
Freunde (dt., engl., franz., türk.)
Na warte, sagte Schwarte
Der Rennwagen
Tante Nudel, Onkel Ruhe …
Das schönste Ei der Welt
Die Perle

Ernst Jandl · Norman Junge
fünfter sein

Janosch
Oh, wie schön ist Panama (dt., engl.)
Post für den Tiger (dt., engl.)
Komm, wir finden einen Schatz
Ich mach dich gesund, sagte der Bär (dt., engl.)
Guten Tag, kleines Schweinchen
Der kleine Tiger braucht ein Fahrrad
Riesenparty für den Tiger

Pija Lindenbaum
Franziska und die Wölfe
Franziska und die Elchbrüder
Franziska und die dussligen Schafe

Leo Lionni
Alexander und die Aufziehmaus
Der Buchstabenbaum
Cornelius
Das gehört mir!
Ein außergewöhnliches Ei
Fisch ist Fisch
Frederick
Matthias und sein Traum
Sechs Krähen
Swimmy
Tillie und die Mauer
Seine eigene Farbe

Ulf Nilsson · Anna-Clara Tidholm
Adieu, Herr Muffin

Christine Nöstlinger · Thomas Müller
Leon Pirat
Leon Pirat und der Goldschatz

Lorenz Pauli · Kathrin Schärer
ich mit dir, du mit mir
mutig, mutig
Die Kiste

Sergej Prokofjew · Frans Haacken
Peter und der Wolf

Mario Ramos
Ich bin der Schönste im ganzen Land!
Ich bin der Stärkste im ganzen Land!
Nuno, der kleine König
Der Wolf im Nachthemd

Komako Sakai
Es schneit
Mama, ich mag dich
So schön wie der Mond

Kathrin Schärer
So war das! Nein, so! Nein, so!
Wenn Fuchs und Hase sich Gute Nacht sagen

Axel Scheffler
Die drei kleinen Schweinchen …
Der gestiefelte Kater
Die drei Wünsche

Axel Scheffler · Jon Blake
He Duda

Axel Scheffler · Julia Donaldson
Für Hund und Katz ist auch noch Platz
Mein Haus ist zu eng und zu klein
Riese Rick macht sich schick

Axel Scheffler · Phyllis Root
Sam und das Meer

Hermann Schulz · Wiebke Oeser
Sein erster Fisch

Max Velthuijs
»Was ist das?«, fragt der Frosch
Frosch im Glück
Frosch ist verliebt
Frosch findet einen Freund
Frosch hat Angst

Philip Waechter
Rosi in der Geisterbahn

Philip Waechter · Kirsten Boie
Was war zuerst da?

Philip Waechter · Dorothee Haentjes
Schaf ahoi

Katrin Wiehle
Was macht die Katze in der Nacht?